蓝之岛

晓池 著

长江出版传媒

长江文艺出版社

晓　池

本名马云驰，20世纪70年代出生于苏皖交界大美湿地泗洪。江苏省作家协会会员，泗洪县作家协会副主席。作品散见《西部》《延河》《星星》《诗选刊》等纸媒，部分入选各级各类选本。

云水苍茫间，湖中一青螺

——晓池诗集《蓝之岛》序

刘家魁

岛，是江河湖海之水环绕的大小不一的陆地。但诗人晓池的岛，既是实指，也是虚指。晓池的家乡在洪泽湖畔，算是广义上的岛。但晓池是诗人，所以他的"岛"，便是形而上的，着了一层蓝色之后，就更富诗的象征意味了。

常见的诗中之"岛"，大多是孤独的象征。但孤独只是岛的无数的象征之一。其实，不论哪里的岛，都是世界上最被溺爱、最不孤独的水的儿子。任何水域中的岛，都是被水怀抱最深、拥吻最久的。即以大海中的岛而言，之所以被大海深深拥抱，不离不弃，须臾不分，因为那些岛无论面积大小，无一不是高山，不过是因为爱得深沉，它们甘愿把自己身休的绝大部分，都隐藏在海水中罢了。它们堪称大海的"脊梁""主心骨"！我曾在一首旧作中说："岛究竟有多大？／比海的面积小一点／／岛究竟有多高？／比海的怀抱深一点。"

岛深深地沉浸在水的怀抱中，日日夜夜，都被水亲吻着，都被水爱抚着，都在倾听着水的低语或歌哭，都在感受着水的波动——安闲、欢乐、悲伤、愤怒……天长日久，这养育之恩，这深情大爱，这执着的不可抗拒的浸染渗透，纵然是铁石之心，也会被感化，也会有所感悟，也会产生回报、回应、回答的心愿和冲动！于是，便催生了天生敏感的诗人，便催生了发自内心的诗歌！晓池的每一首诗，都可作如是观。

自然的岛，回报的是树木、花草、飞禽、走兽，是岸边浅水中的莲花、菱花、芡花、睡莲、菖蒲、蒲苇、鱼虾……晓池的这第一次集中的回报，则是一本厚厚的诗集、近二百首长长短短的诗。诗集分为六个小辑，六类颜色不同、芬芳有别的诗之"花"。每一辑，虽不能说首首精美，但赏心悦目之作也是俯拾皆是："蓝色物语"里的《石头》《晨读记》《大海》《野草花》，"面南而居"里的《爱在低处》《面南而居》，"目送归鸿"里的《阳光照在小院》《在一棵开花的树下走过》《背向群山》，"时间令旗"里的《立冬，我把自己也立起来》《爱上一个人》《和一朵花对视》《旧衣服》《像雪一样下着》，"生命根须"里的《她的钥匙丢了》《瀑布》，"天若有情"里的《陷入爱》《祭品》《梦中，见到已故的母亲》《这样的爱情》等等，美不胜收！这些诗，都已接近完美，既有深度，又有美感。

晓池是对诗歌很有追求的诗人，在胸怀上，他宣示："我的爱在低处 / 一个叫草木 / 一个叫人民"；在诗艺上，尤其是在语言上，他赞成"诗到语言为止"的观点，且不断在创作实践中加以探索。总的看来，晓池已显示出自己的诗歌语言特色，且多有成功之作！晓池要求自己：力争自己的诗，总体上能够达到先锋性、标志性、社会性、地域性。能不能达到、达没达到是一回事，有如此明确、执着的追求，已经难能可贵了。

晓池是宿迁市中青年诗人中的佼佼者之一，已在国内许多刊物上发表了为数可观的诗作，诗集《蓝之岛》的出版，对于晓池而言，非常有意义，不仅是为汉语诗歌大花园增添了一朵新花，也是对自己过去诗歌创作的一个总结、一块继续前进的新起点的路碑！

老年病添了不少，脑细胞所剩无多，盛情难却，忝为之序！并以此祝晓池为家乡、为祖国，贡献更多的优秀诗作。

2024.5.18 于宿迁

刘家魁，江苏泗阳人。中国作协会员。一级作家。出版诗、文集（选）十余部。曾多次获《诗刊》奖、吉林省文学奖、江苏省紫金山文学奖等。诗文入选百余种诗文选。事迹成就入东北当代文学史《东北文学五十年》及其续编、入《江苏新文学史·诗歌编》，"当代江苏文化名人"之一。

目录
录
contents

第一辑　　蓝色物语

003　　石头

004　　风入松

005　　菊之爱

006　　刺梨

007　　一个人站在天底下

009　　晨读记

011　　十月，我站在阳光下

012　　冰的断想

014　　大海

015　　第二次来到花果山

016　　端坐在一粒葡萄里

017　　隔窗观树

019　　观看海狮表演

020　　花，非花

021　　口琴

022　　旷野

023　　落日研究

024　　献身的枇杷叶

025　　人工湖里的芦苇

026　　塑像

027　　味道

028　　误伤

029　　圆满

030　　写给叶子

031　　雪霁

032　　野草花

033　　再次写到雪

034　　雨水的力量

035　　公园里，几株盛开的桃花很孤独

036　　午夜螺号

037　　深夜街灯

第二辑　　面南而居

041　　城市招牌

042　　春风拂过小城

043　　爱在低处

044　　河流，及其他

045 登观鸟台观鸟

046 临水

047 鸟鸣落在肩上

048 相遇桃花

049 一个湖从天上落到人间

051 寂静

052 一条没有名字的河流

053 一场雨，避或不避

054 两只水鸟

055 面南而居

056 游水杉林

057 云龙涧

058 在森林里沉睡

059 所有的枝条早已准备好了花朵

060 冬天的树

061 相见欢

063 为何我早早醒来

064 听姚绍明谈鸟

065 天空和湖水的亲近与万物有关

第三辑　　目送归鸿

069 炊烟

070 从雪色，到月色

071　村口老槐

072　阳光照在小院

073　村庄的等待

074　等待

075　风吹过

076　风中的镜子

077　和土地无关

078　九月

079　漫游的钟

080　逃离

081　雪花落在头顶

082　蓝色月牙

083　突然想起

084　在一棵开花的树下走过

085　天涯月色

086　置身边缘

087　重阳

088　背向群山

089　与妻书

090　像一条河奔赴他乡

091　傍晚的三种事物

092　渴望一场大雪

093　他们，被重新命名

095　云正在赶来的路上

第四辑　　时间令旗

099　　一把木头椅子

101　　一闪而过的事物

102　　立冬，我把自己也立起来

103　　立春，落了一场雨

105　　五月

106　　爱上一个人

107　　把一匹马从心里赶出的时候

109　　和一朵花对视

111　　旧衣服

112　　慢慢爱

113　　秋风里飘落一地的黄叶

114　　时光，在两颗星子之间来来回回

115　　时光

116　　收割

118　　瞬间

119　　围炉

120　　我们之间横着一面镜子

121　　像雪一样下着

122　　小满

123　　雨中的陶罐

124　　在雨中行走

125　　原点

126　　追赶一列火车

128　　走过黄昏

129　　沙漏

130　　在戚姬寺

132　　曾经爱的人，已经不爱我了

133　　越来越接近事情的真相

134　　半个窗口

135　　孤独者

136　　坐在一簇荒草中间

137　　清晨

138　　打开一段光阴

第五辑　　生命根须

141　　坐在奔驰的列车上

143　　在一棵孤独的刺槐下

144　　天将晚

145　　这次回老家，我见到了二叔

146　　一个卖糖球的女人

147　　病房

148　　草垛

149　　船工

150　　对峙

151　父亲的雨

153　光斑

154　惊蛰

155　开在废墟上的花

157　路过活蚌取珠现场

158　麦子

159　拿锄的人

160　瀑布

161　七月，飘起了雪

162　曲线

163　入水口

164　水边的女子

165　松针

166　她的钥匙丢了

167　泰勒斯的还原术

169　小小的蚂蚁

170　行走的湖水

171　夜宴

172　一条河，轻易为我打开缺口

173　有一种抗争来自芦苇

175　云下的日子

176　小酒馆

178　你无法扑灭一种火

第六辑　天若有情

181　陷入爱

183　烛光

184　在桃园

185　孤独时想起

186　和距离无关

187　很想，抵达一只花瓶的内心

189　祭品

191　九月的某个下午

192　看到火化后的父亲，我哭了

193　立春，我想起了母亲

194　聆听

196　麦茬的爱情

197　梦中，见到已故的母亲

199　面对一位母亲

200　在雨声里悠远

201　学会爱

202　四月，有些爱说不出口

203　我们的爱情

204　想起父亲

205　想起母亲

206　星星不说话

207 夜的边缘

208 一个人站在槐树下

209 一根断裂的羽毛

211 荡漾

212 月亮简史

213 这样的爱情

214 纸风筝

215 在低处

216 小情人

218 校园上空飘过一条河

219 我把你轻轻放在草地

220 来自一群人的海上报告

222 当我努力把自己想象成一朵雪花

223 一座翻不过去的山

224 每一棵树的身体里都住着一个身陷困境的人

226 后记 逃离，亦是皈依

第一辑

蓝色物语

石 头

一块石头可以被用来试探、猜忌
可以形容一个人心肠狠毒
可以被利用、践踏
也可以被遗弃

石头是无辜的
一个人想流芳千古
会拿石头开刀
直到死也不放过
人心难测，石头不懂人间心思

路过采石场，巨大的轰鸣
我感受到石头的愤怒

太多被遗弃的石头
决绝的样子，像极了痴情的女子
它们归隐山林，互不作声
沉默如谜
锋利如刀

风入松

一棵松微微晃动
这动荡和起伏只是表象
风在一棵松的体内
反复纠缠
磨砺
突围

有些力是由内向外的

渐渐逼近的暮色只是表象
遍布周身的松针
夕光下一闪一闪
它们有着金属的质地
宛若利器

菊之爱

秋天寥廓
东篱下的一丛菊无法坐拥
她抱紧自己的身子
带着攒聚起来的力
向着远方
一点点掘进

想起那个端起茶杯的人
秋风就不凉了
一路上晃动着曼妙的身姿

一定有人守候已久
一定有人爱了，一朵朵菊
在杯中上下浮动，绽放
这幸福之地
水温恰好

隔着杯壁，看不到前世
我更愿意，把她看成
我的今生

刺　梨

我的房间空荡荡
装满刺梨茶的杯子是另一间房子
我和刺梨各自为王

我们有足够的空间用来回忆
在一本线装书里获取的秘密
长满尖刺

刺梨的前半生和我的经历有些相似
天空布满丛林
万物皆为草莽

这个冬天我们只做一件事：
不断摩擦，不断和解
一次次
交换肉身

一个人站在天底下

一个人站在天底下
不知不觉就站成了苍凉

习惯性摊开手掌
沿着掌纹的走向
我试图窥探生命的全部意义
一个人的命运
远比一个人走过的路更曲折

风吹到脸上，形成波浪
河流暗涌
所有的秘密都潜伏在一个季节
坏消息接踵而至

视线自上而下
一遍遍过滤成阳光的底色
我看到的分明都是灰尘
没心没肺，上下浮动
我突然有点自惭形秽
这么多年竟然活不过一粒尘埃

哦，亲爱的
你总是不厌其烦在我耳旁低语：
也许再过几天，各种花
就会次第开放

晨读记

清晨，光线熹微

这时候，我喜欢看孩子们的脸

在打开的书页间

形成潮涌

穿行在孩子们中间

我努力放低身段

生怕踩疼了什么

教室外面走廊是寂静的

校园里的香樟树也是寂静的

我们早已习惯了

众鸟高歌

玫瑰的色调从窗棂间渐渐

扩散到天边

哦，高大的教学楼

多么宽厚

太阳升高，渐次而过

越过建筑物，越过树木的顶端

一点点漫过来

十月，我站在阳光下

站在阳光下
我忘记了这已是十月
温暖自上而下一点点渗透
每一个洒满阳光的日子

一群逆风而舞的鸟儿
在我的头顶拍手欢呼
用至高的礼仪
迎接十月第一个黎明的到来

十月的天空是多么寥廓高远
站在十月的天空下
我丝毫没有感觉自己渺小
我是多么自豪
沐浴着沿林隙筛洒而下的曙光
我听到了身体里
拔节的声响

冰的断想

看到雪，我就想起了冰
纷纷扬扬的花陷入低谷
日子中最坚硬的部分依然裸露

我会想起许多雪以外的词语：
坚实、内敛、笃定
选取一个角度看过去
看不到丝毫的随波逐流
立体中攒聚起来的力
刀子一样锋利

肆虐的风漫过来的时候
我正一步步走进一块冰的内心
最坚实的中心地带
我将放弃对一条河流的幻想

和冰保持等高
正如整个河床寂寂无声
在阳光照不到的地方

我会用强硬的棱角

对抗冷

大　海

站在海水里
我想象自己成了海水的一部分
脸上的皱纹
就沾染了海浪的脾性

看，辽阔的海面
那么多怒放的
怎么看，都不像花
更像是累累伤痕

我怀疑，深不可测的大海里
一定
暗藏刀剑

第二次来到花果山

第二次来到花果山
远没有第一次来时的谦恭
行进在大山深处
我丝毫没有发觉自己渺小

群峰无言
通往山顶的石阶隐忍
我的喧哗
一次次湮没在山涧里

相对我轻慢的举动
花果山讳莫如深
护佑山体到草木
依旧葱茏

回到山下，我终于理解了
山上那些猴子们
看我的眼神里
深深的
敌意

端坐在一粒葡萄里

她端坐在一粒葡萄里
就带有了葡萄的光泽
葡萄就有了思想，有了骨头
一粒葡萄从不会说出自己心里有多酸

一场动与静的较量在每个夏天展开
安静的葡萄面前
一意孤行的风风雨雨温顺极了
低首、敛眉
安卧在温暖的子宫

远远看去
一粒粒葡萄晶莹剔透
多像待产的母亲
自满自足

隔窗观树

他们之间的缠斗，消耗了整个早晨的时光
那棵树在他眼皮底下动了起来
排浪般涌动
他分明听到，树的体内传来的呼喊
该是蓄积了多大的力啊

凭窗而立，他确信自己不是一棵树
许多记忆中的悲恸
无法向一棵树描述
正如整个冬天寂寂无声
一棵树经历了什么，他无从知晓

一只鸟飞来了，另一只鸟飞来了
许多鸟飞来了
此时，鸟儿内心的喜悦是他无法理解的
那是鸟儿和一棵树之间的表达

风从窗外灌进来
这个春天，他怀疑自己真成了一棵树

蛰伏过群鸟的狂欢

和一棵树深深的战栗

观看海狮表演

讲解员说，海狮是通人性的
这话我相信
它们有着我们人类
一样的需求

坐在观众席上的我
看着这些海狮
为了一点点食物
做着重复无数次的动作

我能够想象
那些海狮一定
深感无聊

花，非花

花不是花，是命
是命里脆薄的瓷器
是瓷器上的裂纹
漏下的光线
也漏下风，和雨水

沿着裂纹的方向望去
一只鸟，在半空打着旋
姿势优美，一些赞誉之词
瓷器说不出口

穿过时光，那些古旧的釉
就像风中的花隐忍太久
面对极具挑逗的诱惑
似乎要飘起来

口 琴

你在明处，很安静
隐忍的情感
在暗处

每一个孔，欲言又止
不管是出口
还是进口

这中间有河流，有风
穿过夜色，也穿过你的身体
成了胎记

隐形的刀片
沿着一呼一吸
被磨得，更加
锋利

旷　野

对于旷野的认知
许多人止于一场铺天盖地的雪
止于连天的衰草
止于孤烟直、落日圆
止于天涯断肠人，而这些
都不过是背景或修辞

一个人置身旷野，天空就高了
偶尔有几个黑点向远处疾速移动
然后陷入巨大的虚空

在旷野里徒步是缓慢的
越来越深入有时会越来越绝望
但脚下的土地坚实、厚重
暮色掩盖下，诸事潦草
身体里依然会传来回声

落日研究

一些事必须在日落之前完成
夕光如佛光，巨大的铺陈
对于心怀刀斧的人
成了致命的救赎

落日大如车轮
陨落的速度是惊人的
我分明看到自己
在渐渐消逝的场景里飞翔

记忆在落日体内形成河流
这是一项浩大的工程
会消磨人的一生

面对落日
我们必须心存敬畏
必须保持善良
必须学会隐忍

献身的枇杷叶

已经是夜里十点半了
一位母亲还在清洗她刚摘回的枇杷叶
她要用这些叶子熬汤给女儿喝
因为她的女儿咳嗽了

小小的房间，一边是女儿的咳嗽声
一边是母亲清洗枇杷叶的声音
从一个旁听者角度
两种声音互相撞击，又相互抚摸

那些被反复洗涤的枇杷叶
一位母亲赋予了它们济世之心
安卧在清水里，温顺极了
献身之前没有丝毫悲戚
和慌乱

人工湖里的芦苇

病房里待久了
我就有一种被圈养的感觉
每一次踏进病房后面的公园
都是一次放风

和我一同被圈养的
还有公园里那个不大的人工湖
暮色在湖面投下巨大的暗影
没有一丝波澜
莫非，它的心已死？

让我惊诧的是
湖心里居然还生长着一簇芦苇
它们高举着自己的旗帜
仿佛在向命运宣战

有几支芦苇
面向湖水俯下柔软的身子
如同一个妻子
亲近丈夫

塑　像

不远处的广场上
一尊塑像，光着身子
和我隔窗相望

我惊诧那尊塑像
居然保持飞翔的姿势
石头做的高高扬起的下巴
对我简直就是一种嘲弄

这么多年我一直藏匿
像极了一个婴孩
蜷缩在母亲的子宫

一些鸟雀在我和塑像之间
往来穿梭，叽叽喳喳
我听不懂它们在说些什么

我想它们是不是在向我传达
有关塑像的秘密

味　道

这个早晨真好
隔着薄薄的雾
我向每一个晨起的生灵打招呼
幸福由里往外飘

草叶举着小小的脑袋
脑袋里装着太阳
亮得晃眼

枝头两只麻雀叽叽喳喳
在秀恩爱
我笑它们，那点浅浅的情调
被我一下子看穿

天色，渐渐澄明
风儿轻轻
把人间反复咀嚼

误 伤

把日子过成大寒
从沉默喊出回声
在心中植入断肠
山河颠沛，诸事潦草

人间将暮未暮

有人在落日里种下火种
有人饮下毒药
心怀不轨的人决绝如刀
夕光依旧明亮

这世上花鸟虫鱼，群山百川
都是被普度的众生
它们不懂得伤害

圆　满

有些圆满是不动声色的
比如天空静穆
任飞鸟穿梭，还有闪电
风暴是心中的河流

比如岁月漫长
我们在其中静静等待
直到黄昏来临，太阳落山
群星闪烁如众神之眼

直到我们
被各自的庙宇
认领

写给叶子

在一阵芳香四溢之后
漫天飞舞的退场
是多么惊心动魄

有风吹过的时候
我们彼此安慰
畅谈美好的未来

那时，我们足够相信
只有我们才能够
坚守

雪　霁

一场雪对土地的覆盖
绝不止于装饰
我能够想象这种亲近
它瓷器的光泽，会一直渗透下去

每一次和雪对视
眼里的潮水就一再退却
连同污浊和灰暗
纯净越来越接近事情真相

雪色绵延，心胸阔大
我还能够想象
众神递交下来的手
正沿着残缺和冷
一点点抚过

野草花

独自，摇曳风中
以一种超然的姿态

静静地
释放尽所有的血气
有没有人来采摘
是无所谓的事

再次写到雪

再次写到雪
我会一直写到雪的内心
脆薄的冷
阻挡不了雪的热情
阻挡不了雪落向大地

当年远走他乡
绝不是背叛
生命本就是一场盛大的迁徙

每一次压境都经过周密部署
一些事物来不及逃离
雪有温情，也有杀气
从一开始就抱着赴死之心

雨水的力量

一场雨来得迅猛
一些人还没来得及逃离，就被淹没
包括他们购置的衣物
刚刚修好的路基，来不及搬走的家具

这场雨洗涤的力量是空前的
洗出了天空最初的颜色
洗出了久积的霉斑
和一些事物的本来面目
困在雨水里的人心情沉重

雨水无休无止，继续蔓延
另一些人展开了雨水的悲剧论
站在这场雨水之外
我看得真切
开始分享雨水的力量
且越来越欣慰

公园里，几株盛开的桃花很孤独

进入三月了
公园里有几株桃树
迫不及待
把仅有的羞涩和盘托出

春风的莅临
并没能给盛开的桃花带来好运
人们的视线之外
这些命里落单的桃花
只能顾影自怜

有些事终究让我难以理解
譬如一些孩子从树下走过
神情木然
花样季节，竟然可以无视
这一年一度的盛典

午夜螺号

午夜就是一个大容器
我还可以把它理解成大海

夜色从窗子的缝隙一点点溢进来
我的身体里仍有潮水
我的浮沉无关风浪
我心中的海螺还没死

搁浅的螺壳仍会发出声音
由小到大。由近及远
有一点点呜咽，更多的是
喘息和嘶吼

深夜街灯

这黑色之海
有什么比浪峰更黑？
我确信已陷入僵局
它在上涨，一点点漫过

风里有腥味的香水
教堂顶端保持冷眼的乌鸦
橱窗里的广告牌上
那个被海水浸润过的女人
残余的风情

这些都是无法安睡的事物
也是一张张渔网
没有捕捉到的

深不可测的夜晚
应该允许迷局、圈套，和光亮的不同存在
比如散落在各个角落的街灯
比如，抬起头时
仍然能看到苍蓝

第 二 辑

面南而居

.

城市招牌

灰尘洗净之后
我有机会看清这个城市的招牌
悬浮半空的语言并不抽象
就像无数振翅而飞的鸟
瞬间生动起来

引领城市经济腾飞的产业文化
在一个叫"洪泽湖"的水面
渐渐开出了莲花
阳光,越来越明媚
人们越来越坦然
漫步湖边,步履从容
情态优雅

人们不再谈论有关衣食的话题
只是尽情地亲近扑面而来的水汽
丝毫不顾及是晴天还是雨天
放眼辽阔的湖面
我唯有一次次放低身段
低些,再低些

春风拂过小城

春天从季节溢出
熟悉的味道五颜六色
开满摊开的手掌
沿着掌纹，每一条走向
都有一个温暖的名字：
花千树
水杉林
桃花源

草木簇拥，次第亮起
入我心的春风
浸透风骨
在大王庄的上空
从未停止过闪烁

空中，鸟鸣声声
阳光有足够的耐心倾听
游客们拈花拍照
来时两手空空
去时获得圆满

爱在低处

行走天地间，我成了辽阔
一路上风打着旋
浩荡无处不在

阳光播下的种子
一盏茶的工夫
就向我挥手致意

空中的诱惑无处不在
可我的爱在低处
一个叫草木
一个叫人民

河流，及其他

想起一条河
我就有一千种活下去的理由
那是老家的一条河
远比我走过的路更曲折
流经的所在，和正要流向的远方
被一一重新命名

亲人们一个个离我而去
被指认过的坟茔也早已被荡平
在河边只剩下大片大片的花草
渲染对生活的热爱
偶尔有几只水鸟闯进来
把这里当作栖身之所
一边忙着交媾，繁衍子嗣
一边虚度着光阴

而我，作为一名旁观者
从不怀疑它们的幸福

登观鸟台观鸟

一步步登上观鸟台
每登一层，尘世就矮下去一截
终于登到顶层了

平日里振翅高飞的鸟，此刻
在我们身下
依旧盘旋、滑翔
叽叽喳喳

暮色渐浓，落日
把夕光持续打在我们脸上
暗影里一闪一闪

看着这些没心没肺的鸟
我突然有点脸红

临　水

临水。俯身
四十年的光阴被洗去大半
剩下的，澄澈
有穿透术

水面风起
渡我出境入境
来去自如
我成了我一个人的王

越来越贴近水面
心中盈满的是云水谣
呼气吸气
吐纳沿水纹漾开

我有幸看到那只小鸟
混进鱼族
天真如我

鸟鸣落在肩上

在观鸟园
我不如一只白鹭幸福
通往密林深处的小径
仿若我多舛的半生

树冠在头顶织成苍穹
鸟鸣筛洒而下
落在我肩上
和许多光斑混在一起

她们不厌其烦
告诉我
许多生活真相

相遇桃花

站在洪泽湖边
我以一棵桃树的名义等你

桃花，正赶上汛期
我们的心里一再泛滥
把盏言欢
所有的言辞都成了多余
每个人的脸就是一朵桃花
在相遇的节点
着实灿烂了一回

走在古朴的小街
没有一个人说话
天地间大片大片的桃花
灿若云霞
异常真实
她们，知冷暖
懂感恩

一个湖从天上落到人间

择水而居的小城有大湖之美
有自己的哲学
供奉神祇
也供奉现世的爱情

漫天星光有众生相
把爱情推向高潮
叽叽喳喳报喜的雀儿呢？
面对波光潋滟的湖水
莫非只在一个晚上大发慈悲
设计一出圆满？

小城里的人不信这些
也不认命
他们种下红豆，也种稻谷
养经久不衰的传说
也养蚕养鱼
养自己的前程

一个湖从天上落到人间

一半汇聚涛声

一半滋养菩萨

寂　静

这片树林在我们来之前
就已经在这儿了
我们是一群不速之客
被惊飞的鸟雀打破了这里的寂静
它们在树林上空盘旋
迟迟不肯离去

这片林子是另一个天空
暗藏的力，让所有的风
吹到这里都归于止息
我们的进入，比风更趋于蛮横

我们原本是带着爱来的
爱这里的每一棵树、每一只鸟
爱这里的空气
爱身下柔软的草
爱许多不知名的昆虫
当然，也爱这里的寂静

一条没有名字的河流

一条河没有自己的名字
但是这条河有爱恨

看一看在她身边疯长的草木
打着饱嗝的牛羊
你就知道，她的爱有多深
她爱吃过她奶水的每一个异乡人
爱那些失足落水的孩子

一条河经历多了
悲喜就多了
她的悲喜从来不为人知
淤积的沙砾
成了腹部最硬的暗伤

岁月苍茫，河床空荡
能留下的，不能留下的
照单全收
能带走的，不能带走的
统统带走

一场雨，避或不避

一场雨来得毫无征兆
一个人在前面逃，雨水在后面追
一个人跳着脚咒骂
还有两个人
躲在屋檐下密谈

暮色苍茫，看不清事情真相
近处，草木置身事外
该凋零的凋零，该生长的生长

无处躲藏的鸟，把翅膀压得很低
爱恨早已深埋
大地心知肚明：
天空无罪，雨水无辜

两只水鸟

站在湖边
我和两只水鸟成了邻居
它们似乎对我并不友好
我只能把目光投向辽阔的湖面
我看到湖面上星星点点的渔船
离我很远

薄暮时分
湖边的广场渐渐热闹起来
游人忙着拍照，说笑
我并不知晓他们的姓名
湖边的两只水鸟也不知晓
它们自顾自
寻找水面上开出的每一朵
极细小的花
神情真令人感动

面南而居

记得若干年后的一天
我选择的那块坡地
长满青草，有各种花的香

许多虫子不甘寂寞
深夜醒来，鸣声
像缀满天幕的蓝宝石一样
此起彼伏，没有方向
我只面南而居

无须逐鹿，也无意问鼎
我是我一个人的王
身后有无硝烟也罢
我只面南而居

我必须承认
南方有嘉木，有南山
有飞鸟相与还
我只面南而居

游水杉林

阳光加持
一片生长在水上的水杉
就有了神性
沿着一个角度看过去
阔大的水面以细微的动荡设伏
我们几个闯入者
轻易就被俘获

缺了钟声，暮色下的水杉
静默如谜
放心吧，孩子
漂荡在水上的木筏
不是斧斤

我们深陷于此
在杉树与杉树之间努力
保持平衡

云龙涧

有人说云龙涧里深藏巨龙
日夜不停的轰鸣
带给人们足够的想象
云龙涧只适合在低处仰视

水花四溅的瀑布
依旧没有打消我的疑虑
追问不断加剧
云龙涧的魂魄在我的胸腔激荡

几个游客以瀑布为背景
摆出各种造型，玩起了自拍
他们是多么爱自己

通往山顶的石阶布满水渍
两旁的草木在风中簌簌抖动
作为外来的闯入者
没有人能感受到它们所受的惊扰

在森林里沉睡

夜色如丛林
他是闯入这片森林的唯一豹子
身上的斑点
和星光辉映

奔突留在记忆里
他以悬浮的姿势完成了
和自己的短暂和解

周遭寂静，新的一天来临
每一道金色光线
自上而下，都以树的身份
成了他的替身

所有的枝条早已准备好了花朵

冬天，我见过许多树无奈的样子
它们举着光秃秃的枝条

偶尔有几只鸟飞来
打破僵局
站在树下，那些悬垂的倾斜
分明有一股向上的力
来自深藏骨子里的花朵

有时候我会突然产生错觉
不断在树和人之间切换身份
我伸出手
努力向那些枝条靠近

我知道，她们有着和我一样的
期盼和羞怯
在奔赴春天的路上

冬天的树

在冬天，和一棵树相遇是偶然
雪的加持，让一棵光秃秃的树
有了被抚慰的爱意
时光自上而下落在我的头顶
白花花的有如神赐

狂风在我和一棵树之间
狠命吹
这是我们共同的命运
天空依旧灰白

一只鸟来了，两只鸟来了
一群鸟来了
这些信使带来的消息
让一个大悲之人
突然就忘记了悲伤

相见欢

所谓的快乐无非就是
把自己从自己身体里剥离
无非就是
用相爱的方式和万物
达成和解

日日走过的路径
成了专属我的额外时光
走在上面
有点像突围

路旁的树上有一只鸟
似乎受到某种启示
似乎用尽全身的力气
振翅冲向高空

一路上
未经预设的欢愉
一闪而过的事物

既熟悉

又陌生

为何我早早醒来

鸟鸣布满我的梦境
这是我醒来时的第一直觉

很多鸟从我的身体里飞出
飞鸣声此起彼伏
这密集的子弹
破了窗

那么多光秃秃的树
一夜之间长满饱满的叶片

无数面舞动小旗帜
哗啦啦响
吸引了这个清晨
所有的目光

听姚绍明谈鸟

姚绍明是一名退役军人
扛过枪，打过仗
如今，这片三千多亩的观鸟园
成了他新的领地

我想听他谈一谈当年上前线的事
他说这是在观鸟园，只谈鸟

谈起鸟，他如数家珍
每一只鸟从他嘴里说出来
都成了他宠溺的孩子
"岩鹨、旋木雀、鸲鹟、山鸦
交嘴雀、水雉、山椒鸟……"

我承认，这些名字
我从未听说过

天空和湖水的亲近与万物有关

天空和湖水不是对立的
天空高远，湖水深沉
夕光完成了巨大的铺陈

鸟儿穿梭，草木枯荣
风霜雨雪各安天命
我在它们中间不是多余
湖面上那两只戏水的野鸭
也不是

天光水色之间
我看到了自己置身事外的优雅
沿着一个湖
我来来回回走了好几遍
每一步都很轻缓
每一步发出的声音都像耳语
都像藏在耳朵里
久违的心跳

第 三 辑

目送归鸿

炊　烟

炊烟的消失是突然的
就像母亲的离世
就像一个村庄一下子失去支撑

我的孤单来自四十年前那场雪
大雪封门
封住房顶
封住整个冬天，寂寂无声

母亲常说凡事要等
事情到了最后都会好的
母亲的等待是漫长的
炊烟的缭绕也是漫长的
母亲亲手熬制了另一个自己

炊烟在房顶飘了多少年
就和积压在房顶的雪
对抗了多少年

从雪色，到月色

从雪色，到月色
这中间的朝觐者从不感到疲惫
背影被拉长
无须打马疾驰
这条路只适合徒步深入

在慢下来的时光里
我会和雪地上一只觅食的鸟雀
交流心得
从它们雀跃的舞姿
看不出一点后悔
身后一朵朵梅花开得多艳

我也不后悔
一点也不

村口老槐

离开家那年
槐花开得很盛
村口相送的母亲，站成了一株老槐

枝叶疏离，漏下的光线
缓缓切下
角度精准
把我生生切成两半
一半进城
一半落地生根

此后啊，日日夜夜都是花期
花开成火
花落成海

阳光照在小院

活到这个年龄
我能想到的词语越来越少
老家。小院。母亲
我爱她们胜过爱我自己

一个居家的小院
当鸟雀和杂草比人还多的时候
天色就暗下来了

母亲深陷在椅子里
椅子深陷在院子里
院子深陷在天空下
这场景，多么惊心动魄

每次回老家看望母亲
小院里都洒满了阳光
每次站在母亲面前
我都像从天而降

村庄的等待

当年他离开村子的决绝
让一个村庄羞愧了好多年

"混好了，我一定会回来"
一句话可以无限复制
每个离开村子的人都会这么说
一个村庄的等待
也可以无限复制

这么多年，村庄一直在等
等着等着，就老了
房前屋后，大片大片疯长的草
生命力多强啊
独自支撑起整个村庄的虚空

村庄的等待是善良的
不可以伤害太深

等　待

一个人站在路边踮起脚
向远处张望
就像风中一棵晃动的树
落日在他身旁布下的孤单
多么漫长

空旷让他看起来
更像是一个磁场的中心
经过他身边
我分明感受到一种巨大的
不可抗拒的力

一两只鸟雀飞来又飞走了
叫声急切
他头顶的天空依旧灰白
一场雪究竟要等到什么时候
才落下来

风吹过

走在异乡的路上
风吹过我的身体
什么都没留下

路边的树在晃动
我能感觉到有风吹向它们
这也是一种较量

风吹不动我的时候
就钻进我的身体

风中的镜子

走出家门
就再也逃不出风的围剿
尖厉的风打着呼哨
给我带来有关母亲的消息

老家那几株羸弱之树
和母亲相依为命
时日已久
一枚叶子瑟缩枝头
不慎被风吹落
一下子就击穿了我的思想

几经打磨
一些人事早成了一面光滑的镜子
镜中人潮浮动
我走不进，也走不出

和土地无关

当我在一张纸上郑重写下：
和土地无关
就一并写下我的贫瘠、疼痛
写下衰竭和死亡

那些年，雨水倾巢而下
一夜之间溢满山野
淤积心中的血咳出桃花一片
这爱来得迅猛、决绝

比我更命贱的草木仍在苦苦找寻
疾驰过记忆的村庄
一旦允许扎根，瞬间蔓延
这些和土地有什么关系？

岁月苍茫
这片土地上生长过的
都经不起推敲
就像许多流亡的虫子
绝口不提往事

九　月

天空高远，秋色无边
在九月，藏不住秘密
且无处安放

一些人习惯了迂回
在平平仄仄中登高
身形孑然，需一杯温酒扶持

沿途不计风雨
十万里山河

漫游的钟

天色暗下来，钟声就响起来了
一个异乡人的忍术
是惊人的

钟的善良
就在于内心的声音
异乡人走到哪里
就跟到哪里

看不下去的时候
就会聊一些往事
聊一聊故乡
他是忠实的倾听者
有时，钟声里的寒霜、芒刺
让他深感不安

一声不吭
成了他唯一的利器

逃 离

刚到申家沟，天色就暗下来了
暮色由四周围剿
路旁有几棵树无处可逃
就拼命往自己的身体里逃
愤怒被逼出体外
看，多么茂盛

树下几个休息的外乡人是幸运的
正在谈论沿途看到的风景
在申家沟，他们用带来的方言
完成了各自独立的章节

此时的天空
看起来像深井，身外皆是迷宫
隐秘的词无处安放

作为一名旁观者，我突然发现
这几个外乡人和这几棵树之间
正悄悄发生位移

雪花落在头顶

从一个地方到另一个地方
无非就是
空间上的移动

这细微的摩擦
竟让我有了沧桑之感

我能听到时光
自上而下
落在头顶的声音

美丽的雪花
只是一个新鲜的比喻

蓝色月牙

最早出现的蓝色月牙
远在天边
不知不觉，就成了
记忆中最小的妹妹
最柔弱的妹妹
车窗外晃来晃去

一些叮嘱尚在千里之外
辗转到我这里
早成了无骨之水

一直在路上
从没在意沿途景物的美好
剧烈颠簸
让我开始厌倦，并失去重心
有时偏左有时偏右
渐渐失去最初的重量

突然想起

被一支羽毛击中
总是猝不及防
被击中的部位苍白如雪

试图就此隐匿
或撕开一个缺口突围
眼睁睁看着
一只鸟飞起又落下

我发现我的脚已陷入僵局
在每一次抬起之后

弯腰捡起一些碎片
一边是荆棘
一边是灯火

在一棵开花的树下走过

经过一棵开花的树

我会突然停下来

想起一些生活片段

立在村口老槐树下的母亲

手搭凉棚，渐渐苍老

妻子躬身蹲在河边

不停用手搓洗

搓洗的声音很响

患自闭症的小儿子赤身

将脸埋在泥沙里

自顾自寻找爱

阳光变得越来越羞涩

这时我就会屏息，放慢脚步

慢些，再慢些

树上的花开得多艳啊

还有纷飞的蝴蝶

并拢的五指逐一张开

我看到了未来

天涯月色

今夜，回到大唐
沦陷在一小杯酒里
时间和旅途忽略不计
体内的雪敌不过白发三千

我蜗居的小城被灯光覆盖
没有草木
只有影子一次次浮起
相顾无言
我听到河流的叹息

夜风无骨
吹不动浓重的夜色
也吹不动霓虹
目力所及的三米之外
有那么多流萤集结
逃离这是非之地

我怀抱灵位，步子仓皇
始终追不上一次次被逼退的月

置身边缘

伫立在土地边缘
许多熟悉的名字
隔着土层蠢蠢欲动
泛黄的象形文字
碎了一地

沿着土地的边缘渐行渐远
钢轨和车轮交错如齿

一个人背影化成了天边的云朵
每一次风起
带来的消息都是漫天雨水

从此，云下的日子
成了苦役

重　阳

沿着沉甸甸的九月
拾级而上
平平仄仄的声韵里
孤寂的心陶然了许多

眼前的捷径
蛇一样弯弯曲曲
连同痴痴守望的野草花
一直动情地开到山顶

站立高处，鸟瞰
任秋风扑打
日子便成了一枚青果

背向群山

起风了
我看到的那个人不为所动
他身后，群峰连绵
风吹过山冈，也吹过他的头发
头发直立，草木般峥嵘

我走近他
试图和他做一些交流
他表情凝重
说刚从山里逃出来
已没有退路

每说出一个字
就有一块石头
从山上滚下来

与妻书

在西伯利亚寒流刚刚到来之时
你无辜的眼神满含忧虑
那时你头发蓬乱
刚刚怀了我们的孩子
我避开你的目光
指着不远处两只蹦蹦跳跳的麻雀说：
瞧，它们多幸福

动听的鸟鸣似乎隐藏对我的判决
看着你渐渐隆起的肚皮
我极力搜寻散落的麦穗
沿着长长的秋水一路南下

南方的小城人流密集
我只好将自己寄居在一粒小小的尘埃下
夜深人静，重温一些美好的时光
而你，亲爱的
泅在漫天的月色里
无孔不入

像一条河奔赴他乡

离开家的时候正赶上汛期
我担心一条河
无休止的奔涌

母亲在村口送我
眼睛里蓄满了河水
面对一条河的源头
急于逃离是可耻的

接到母亲过世的消息
河床两岸的花大朵大朵凋落
听不到一点声响
雪花正在埋葬一些久违的事物

时隔多年我才明白
当年奔赴他乡时的浩浩荡荡
成了我一生中
最后悔的事

傍晚的三种事物

鸟回巢。畜归圈
赶路的人
心急如焚欲断魂

记得小时候见到父亲
总是在深夜
每次醒来
灯光下的父亲只剩下一个影子

这么多年过去了
父亲再也走不动路了

有几次父亲拉着我的手
反复叮嘱：
如果哪一天要是不行了
一定要在太阳落山之前
把他抬进老家的
祖屋

渴望一场大雪

一场大雪埋葬过父亲
一场大雪埋藏过记忆
还有一场雪远在我的视线之外

父亲抛弃我好多年了
这个冬天我流落在异乡
想起父亲
应该正和那场雪
走失在旷野

冬季漫长
适合一场雪
骤然降临

他们，被重新命名

在城市的某个工地
有时我会看到他们
衣服粗旧，灰头土脸
吃着廉价的盒饭

他们各自有着
只有自己才念念不忘的名字
庆生、长贵、有财………
给他们取名字的人
大多已经死了

他们熟知城市的每一条街道
每一座建筑
每一个经过他们身边的人
看自己的眼神
他们早已不在乎人们叫他们什么了

通常我的目光
不会在他们身上停留
我会沿着他们

一直看向他们身后的天空

那里深不可测

云正在赶来的路上

一想到云正在赶来的路上
我就悲从中来
有人说每一朵云的身体里
都住着一个断肠人
奔赴途中身不由己

来自四面八方的云
有时会在途中相遇
它们纠缠不清
摩擦
碰撞
挤压

这让我突然想起生活中
那些流落异乡的人
失声痛哭的人
把他乡认作故乡的人
那些深陷绝境
舍命
突围
的人

第四辑

时间令旗

一把木头椅子

我印象最深的
是父亲生前坐过的木头椅子
里面住着父亲的后半生
空缺的部位已磨损

院子空旷而又寂静，远远看去
椅子就是一尊雕塑
时光自上而下压下来
我不知道那把椅子还能撑多久

几片青黄不接的叶子被风吹落
躺在椅子脚下，脉络清晰
这让椅子再次怀念起
那些年的青葱岁月

曾经操控它命运的木匠呢？
早已远走他乡

这么多年过去了
积在心里的怨恨渐渐消解

一切终归于沉寂

椅子一言不发

它是不是慢慢学会了宽容?

一闪而过的事物

见惯了送葬的队伍在路上一闪而过
见惯了经幡、棺椁在眼前一闪而过
见惯了村里的老人一个个
在生活里一闪而过
见惯了逝去的亲人在记忆里一闪而过

人间有太多一闪而过的事物
让我心有余悸、如履薄冰
每次出门前，我都会向妻儿郑重告别
每次在路上
我都会向我深深热爱的事物
注目良久

立冬，我把自己也立起来

立冬。小雨
雨丝垂落，把天地立起来了

我把自己也立起来
把生活立成八面
如同立一块生冷的碑
不转头，不回望，不着姓氏。
不接受香火的祭拜

我会把自己想象成自由的风
想象成坚实的泥土

我有多爱自己，就有多爱这个尘世
我不会记恨冰冻、寒潮
不会记恨白昼渐渐缩短
越来越重的雪

岁月有多苍茫
穿过岁月的心就有多宽容

立春，落了一场雨

积攒了一冬的雨水
像极了一个人婆娑的泪水
心里的苦熬得太久，可入药
祛病，除灾

据说这泪水包藏的悲悯之心
能给人带来好运
岁月漫长
更多的人已失去耐心

出门不再抬头看天
那里已没什么秘密
老祖宗立下的规矩
和我们有什么关系呢?
脚步依旧匆匆
依旧丈量各自的生死

路边的草木无关纷争
孩子一样雀跃

这流露的神情，会不会

让一些人怦然心动？

五　月

在五月，想象简单
天空越来越低
空气里晃动着麦子

我的父亲，那个健壮的男人
仰头看天的姿势
比一株麦子还骄傲

故乡那时很小
被一块块麦田托在掌心
麦子，成了乡村的旗帜
鸟儿到处飞
小村上空布满颂词

穿行在麦香里
捡拾散落的麦穗
我比那些低飞的鸟更雀跃
那时，我们
怀有共同的理想

爱上一个人

早晨起来梳头
镜子里出现了另外一个人的脸
我只能尽自己年轻的想象
虚构一些章节
安插窗前
或窗外的梧桐树下

见到那只苍老的流浪猫
心，兀地疼了一下
我确信，这只是我们两个人
共有的秘密

把一匹马从心里赶出的时候

每个人心里都豢养过一匹马
湮在风中的嘶鸣硌出过血

想起那段少不更事的时光，我就脸红
马蹄声起，溅起的光芒让我一度失聪
这个秘密我从没告诉任何人

记忆中，父亲是个真正的骑手
他爱马，胜过自己的生命
一辈子与之平身，为之打理鬃毛
有时我会在人群里看到他
那匹马跟在父亲身后已温顺很多年

我一直怀疑那个男人还是不是我的父亲
他从不教我如何驯服一匹马
只是冷眼旁观我一次次从马背摔下
摔得头破血流

把藏在心里的马赶出来
是突然做出的决定

那时，父亲已殁
我的第三个孩子刚刚出生

和一朵花对视

一朵花站在那儿已经很久了
风中，静静望着我
望着时光
在我的脚下被一寸寸碾碎

真是后悔
离开的时候居然没有发现
一朵花就站在那儿
像现在这个样子，一直站在那儿
一个转身
就是十年

借着汹涌的暗流
一颗心试图靠近另一颗心
沿着一卷茎须
我举步维艰

远远看去，一朵花
含笑的眼里传递出的信息

让这世上的风风雨雨

多么安宁

旧衣服

衣服在身上穿久了
就成了身体的一部分

儿女们每次回老家看她
都会说：扔了吧！给您买新的
"不！"她很固执

母亲年纪大了
越来越喜欢穿旧衣服
每穿一件
逝去的日子
似乎又被重新过了一回

慢慢爱

一想到爱情她就会死去
剩下一个
替她在这个世上活
别人不爱自己，就自己爱吧

看到桃花红、梨花白、燕子双飞
她会无端发怒
只有时光这枚银针
能降得住她

写诗、品茶、饮酒
在山水间寻找出口
岁月幽深，天地寥廓
日子要一点点过
爱要慢

秋风里飘落一地的黄叶

站在秋风里的一棵棵树下
我不可能无动于衷
没有人知道我和一片叶子的秘密

每一阵风过
就会有几片叶子离开枝头
翻转　盘旋　滑翔

站在它们中间
我总会面呈羞赧之色

这些枯黄的小小叶片齐集在我脚下
一场多么盛大的聚会呵
被风雨击打的土地
温暖，而亲切

时光，在两颗星子之间来来回回

夜色下沉，我们都在极力上浮
似乎都在和夜色抗衡
我一直在数
到底还有几颗星子在坚持

妻子侧身，背对着我
我能感觉得到，她也在数

两颗星子近在咫尺
仿佛两个溺水的人等待救援

黑暗里，只剩下钟表的喘息
时光，在两颗星子之间来来回回
测量距离，也测量温度

没有人知道
你身体里的潮汐
只是暗涌

时　光

午后，我躺在床上
卧室里的摆设一如往常
没有丝毫改变
壁橱，里面悬挂的衣服
床头柜上
空空的水杯
挂在门把手上的布袋玩偶

我很惊讶
婚纱照里我和妻的容颜
竟然可以经年不变
含笑依偎
动作那么亲昵

收　割

别人在秋天收割庄稼
我在秋天的天空收割远逝的风
用那枚弯如镰刀的蓝色月牙
收割满天星光
如同收割
爱情

秋天的天空很空
我的心里很空
被掳掠一空的土地很空
我无法抽身，深陷其中
注定要用一辈子的光阴收割

天空和大地之间
落叶失色
经不起一丝风雨
我依旧来回奔波，用绝美的舞姿
自上而下收割

收割头顶荒芜了的时光

收割身后一川川断流的秋水
也收割楔入体内的
坚硬的钉子

瞬　间

天色是突然暗下来的
从泗水县城到周家沟
一路上我们都在谈论某个网红的现状
从他的家事一直到情变史
落日像个大圆盘尾随着我们
落在我们肩上的夕光格外明亮

到家的时候，我们谈论的兴致
丝毫未减
长时间未见的母亲越来越小了
站在门前，和老家的房子
笼罩在暗影里
这时我才发现天色暗下来
已经很久了

进了房间，母亲的第一句话就是：
你表叔走了，前两天还好好的
怎么说走就走了呢？

围　炉

少不更事的年月
我们用围炉的方式
取暖

通红的炉火映照各自的脸
我们略微羞涩
也异常兴奋

窗外风声正紧
一场雪迟迟不来
每个人都明白
这是我们无法左右的
就像我们不能
左右时光

整整三十年了
父母早已入土为安
我们仍在尘世
苟活

我们之间横着一面镜子

分明看到你就站在我面前

笑容僵硬

我伸出手去，指尖微凉

四十年的光阴突然卡住

所有的风吹到这里

都止于一面镜子的光滑

我极力思索一面镜子的形成过程

它的前身就是一块玻璃

其实，从玻璃到镜子

简单极了

一面黑，一面白

越来越接近一面镜子

我心有不甘

深陷在玻璃里的情绪

反复发作

像雪一样下着

河边那片芦苇
一夜之间白了头
这是我看到的
最惊心动魄的场景

每一阵风都加速它们老去
芦花雪片一样纷纷扬扬
我站在它们中间
被一场大雪埋葬
如同父母被这片土地埋葬

岁月越来越深了
白茫茫一片

小　满

这一天，请不要交出
心底的秘密
也不要交出虚妄
和一切不切实际的幻想

我会像一株麦子一样
站在所有麦子中间
等待一场场雨水
在我的内心反复清洗
荡漾

而月亮，一定
会在某一个朴素的晚上
突然降临

雨中的陶罐

漫天的雨丝垂落
竖琴呜咽
众生悲悯

那个敞口的粗粝陶罐
在雨水中静默
笨拙的样子像极了我的父亲

三十年了
我始终没有走近

站在屋檐下，我想象那个陶罐
一定蓄满了风风雨雨
一道道雨水像鞭子
在我和陶罐之间横扫

我突然想起
父亲已过世了好多年

在雨中行走

我在时间里行走
雨水从天上来

身旁几个撑伞的人
行色匆匆

夕阳被雨水包裹
光亮在草叶上闪动，有如神赐
每一阵风过
匍匐在低处的花草
都幸福得战栗
更像是祈祷

花叶上聚拢的小水珠
单纯如初
它们静静望着我
像极了我的发小
时隔多年
和我在异地
重逢

原　点

几只鸟是一条河唯一的风景
这是我小时候看到的
最不可思议的一幕

它们在河的上空盘旋
偶尔也会疾速俯冲
莫非河面下的暗流令它们
深深着迷？

仿佛这条河就是它们的全部生活
仿佛它们永远不知疲惫

整整三十年了
再次来到这里，
这些鸟
仿佛从未离开过

追赶一列火车

追赶一列火车从一截铁轨开始
从铁轨下的泥土开始
从泥土中的虫子开始

有时他怀疑
火车的鸣笛声就是虫子的叫声
冲破土层
他想象自己就是一只虫子
黑暗中一次次被唤醒

隔着厚厚的土层
隔着冰冷的铁轨
他会和一列呼啸的火车叫板
以奔跑的姿势奋力追赶

其实，一只虫子很小
他也很小

疲惫的时候，他会突然悲观
这一眼望不到头的火车

会不会

长过他的一生?

走过黄昏

坐拥来路
命运就进入圈套
盘亘在寒鸦声里
心境苍凉如水

曾经的山河
颠沛得落魄
夕光里一遍遍默诵祷文
经卷摊开
落满旧色光景

我不能止步
不能作揖、稽首
三拜九叩虚掷的光阴

起身。抬脚
踏碎的马蹄声
天边响成一片

沙　漏

又看到采沙船在河面作业
机器沿着设计好的程序运转
沙石沿着既定的路径被吸出水面
然后在巨大的轰鸣声中
接受招安

被吸出来的沙石簇拥在一起
还保持着粗粝的棱角
风也吹不动
依然透出野性的光芒
只有时间，是深埋它们体内的
最柔软的部分

从远处看，水天包裹着采沙船
多像一个巨型的沙漏
似乎一切都是精心的布局
包括时光，包括爱
被创造出来，又无人认领
我们在旁观
也在局中

在戚姬寺

到戚姬寺的时候
天色将暮未暮
夕光笼罩下的戚姬寺
静默如谜

院子里长满荒草
形成巨大的谜面
夕阳陨落的速度
是惊人的

黑暗来临之前
人间异常明亮
这个三千多年前
在宫斗中遭受酷刑的女人
仍面上含笑

暮色渐浓
暗影里的戚姬寺似乎隐忍已久
我们几个闯入者
也被裹挟其中

站在庙门前的我
进退两难

曾经爱的人，已经不爱我了

曾经爱过我的人已经不爱我了
岁月磨掉的灰烬
成了我们之间唯一的证词

墓碑旁新开出的花
在风中摇曳
每一朵都很小
它们活在各自的春天

我依然爱着他们
这是我做过的
最不后悔的事

越来越接近事情的真相

总有杂草在眼瞳里蔓延
总有经幡悬挂在暗影
总有宝贝遗落在身后
总有风成为帮凶

街道看起来像河流
他总是急于表白
总是急于掏空自己
急于证明，或是被证明
他一直努力把自己锻打成
一把刀

天空是一面硕大的镜子
为了守住这片疆土
他努力聚焦自己
岁月，有足够的耐心
等待一场大雪
降临

半个窗口

那个人一去不返之后
窗子就没打开过
她完成了另一种逃离

回忆如迷宫，细节成了顽疾
这么多年
她都是自己给自己开药方

与自己背离需要勇气
打开窗也需要勇气
半掩成了最好的设防

有时阳光也会沿半个窗口
照进来
如果恰好落在她脸上
落进她细密的鱼尾纹
内心的小蝌蚪
就会重新游出来

孤独者

又听见风与风在空气里过招 ①
它们纠缠不清
又看见那个老石匠和石头
在人世间过招
他们互相热爱。又似乎含着巨大的仇恨
石头更像是另一个自己

看着眼前孤单的石头
老石匠眯缝着眼
反复端详，每一錾下去
火星四溅，石屑纷飞

这么多年过去了
老石匠花白的头发
在风中高高飘扬
这一生攒下的孤独
从来就没有
屈服过

---

① 引自汤养宗的《过招》。

坐在一簇荒草中间

坐在一簇草中间
怀抱草木散落的一颗颗心
我放声大哭

扎根泥土的石头依旧坚硬滚烫
这么多年的浪荡
我终于认祖归宗了

我是多么钟情身下这片土地啊
哪怕被牛羊反复咀嚼
哪怕被利刃一次次割
哪怕血管里的血一次次喷涌

从此刻开始
我只愿守着这片土地
把余生过成
回忆

清　晨

是的，我们坐在窗前
我和妻就像刚刚恋爱时那样
头挨着头
窗外是一大片
未经开垦的荒地

几棵树隐在薄雾里
有两只鸟从树顶平稳地飞过
不发出一点声响

树上的白花已经稀疏了
有几朵正静静飘落
就像这个早晨的时光
悄悄流逝

打开一段光阴

光阴在我的体内被拦腰斩断
封存一段，必打开另一段
这需要一个合适的情境
比如木讷、郁结
比如江河决堤

夜色深重，看得见的人事
在不紧不慢的叙说中若隐若现
曾经寄存在我这里的光阴
早成了破旧的筛子
千疮百孔

一段光阴，也可以是一炷禅香
焚烧的放逐，轻盈而有节律
灯光下，宛若一朵朵浮出水面的莲
在我的面前反复说：
爱——爱——

第 五 辑

生命根须

坐在奔驰的列车上

我第一次有了
列车高速奔向远方的快感
那时我正端坐在一节小小的车厢里
玄想未来

我看到近处的草木在移动
远处的山峦在起伏
远方更远的地平线
在向流动的时空致敬

群鸟向我告别
落叶吹进眼眶
隔着玻璃
风带来过去的方言

车轮和铁轨
发出负重的尖叫
这车厢看起来像矿井
我们这些人
是黑暗里最亮的部分

有时，我的想象

会随着矿灯移动

微弱的光斑里有几个身影

以强硬的姿势

晃来晃去

在一棵孤独的刺槐下

我和刺槐有着相同的命运
辽阔的天宇下独自聆听天籁
记忆一遍遍穿过肉身
刻进年轮

从挺拔青苍到萧瑟灰白
是岁月留下的手笔
叽叽喳喳的鸟雀被驱逐出境
捡起一片风中凋零的叶子贴近耳根
我听到了遥远的鸟鸣声

草木簇拥，废墟被踩在脚底
我站在比时光更坚硬的刺槐下
手搭凉棚
远方渐渐过滤成蔚蓝的色调
连同头顶的苍穹

天将晚

寂静是随着黄昏的来临
一点点加剧的
此时天色将晚
夕光给丰乐湖渡上了金色

钟声落进湖里
就没了声响
整个湖面多么寂静
众鸟归巢
湖边的垂柳突然集体噤声
我突然想起去年
那个失足落水的女人

几个沿湖散步的人
迟迟不肯离去
他们踩着碎步，生怕吵醒了什么
似乎稍微发出点声响
都是可耻的

这次回老家，我见到了二叔

二叔是一名建筑工人
在和砖块泥沙的角力中
总想活得像瓦刀一样硬气

这次回老家，我见到了二叔
眼中的二叔风尘仆仆
似乎远道回家的不是我

这么多年了
二叔并没有手中瓦刀那么走运
瓦刀，光鲜锃亮
二叔，灰头土脸

二叔永远长着两张脸
一张脸在烈日下暴晒，晒得好黑呀
另一张脸在人前堆满笑容
像极了一朵菊花

一个卖糖球的女人

那是在一所校园门口
我们都在等放学的孩子涌出校门
热切的眼神像极了天边的晚霞

因为有着相同的命运
我仔细观察过那个卖糖球女人的脸
那张有着糖球般光泽的脸
还有安如处子的眼神
一同被夕阳染红

整整齐齐插在草把上的一支支糖球
多像一朵怒放的花啊

秋风渐凉
在我们之间不停地来来回回
我很想走过去道一声：
你好

病　房

在手术刀面前
病房是温驯的
身体里的顽疾需要割裂
剔除
置换
它绝不会尖叫

见惯了无声的抽泣和隐忍
也听过毫无遮拦的号啕大哭
深入一间病房的内心
需要足够大的勇气

病房的内核是纯净的白
是天使的颜色
病房是沉稳笃定的山
更是山上修行的寺庙

草　垛

忙忙碌碌的夏秋说去就去了
以守望者的姿势
站立在村口
风再大，心中的草籽也不会乱飞

从田野到打谷场，几经摔打
精血耗尽，骨头还在
攒聚起来的力
撑起的不只是尊严

偶尔有几只鸟雀飞来
不断引导向上之心。
母性的慈悯
以宅心仁厚圈养我的童年
也圈养无以数计的鼠仔
命无贵贱
爱无亲疏

船 工

再次见到他，是在一条河边
目光随着河的走向，永不枯竭
波浪翻滚，我怀疑是他的骨骼峥嵘
我们之间的交流止于一条河的平静
我怀疑他成了一条河

他的克制和反复磨洗是善良的
我没有权利安抚一条河流被困的忧伤

对于未知的探访
他有着与河流一样的锲而不舍
他始终相信河流的箴言：
唯有从骨子里开出的花永不凋落
他爱自己，爱那些沙砾硌痛自己的坚硬棱角
爱看着自己在自己的腹部不知疲倦的舞蹈

如果没有花叶飘落
没有农人的汗水和身上的污渍
没有突兀的礁石与堤坝
没有风这个宿敌，没有远方
一条河的存在还有什么意义？

对　峙

天空高远
和天空的交流愈发困难
每一次抬起头
都深感羞愧

所幸，还能看到一丛草木
在天底下执着仰首的样子
这让我轻易想起
多年前站在田埂上的父亲

生活中还有什么事情
能比紧挨一丛草木更有意义？

用低得不能再低的身段
和高踞天空的上帝
对峙

父亲的雨

一场雨毫无征兆，毫无节制
就像父亲生前没日没夜挤身体里的水分
撕扯自己的身体，敲打自己的关节
没日没夜拎着自己被洗劫一空的身体
反复练习飞翔

我第一次窥见父亲不为人知的秘密
流进父亲身体里的雨水
每一滴都是铿锵的歌词

我张开双臂拥抱雨水
就像拥抱父亲释放的疲惫
无数枚小银针反复扎进我身体的死穴
浸透父亲心血的雨水
浇灌了我的一生

密匝匝的雨水下
滋生大片大片疯长的野草
那些毛发，父亲剃了一辈子
我终于明白：

雨水的白亮，一直包裹着父亲

骨子里深嵌的瓷片

光 斑

这间病房的格局早已形成
雪白的墙壁
进进出出的医生、护士
病人家属
患者空洞的眼神
断断续续的呻吟

我的安慰
来自对面墙上那些小小的光斑
闪闪烁烁
透过疏离的枝叶悄悄溜进来
在很多人没有注意的地方
一点点移动

惊 蛰

我爱沉睡的虫豸们在这一天醒来
让我们师法自然，迷途知返

前路未卜，我爱
奔赴途中那些大把大把的花草
渲染对生活的热爱
也爱突然飞出的流矢
和暗箭

一些人耽于虚构场景
一些人习惯抽身
我爱他们迂回后生活的圆满

我爱那个一脸苦相，手执经幡的孩子
更爱他体壮如牛，突然死去的父亲

那个长跪不起的妇人，藏不住秘密
她以头抢地，号啕大哭
我爱她，告诉我许多真相

开在废墟上的花

一朵开在记忆上的花
一朵开在废墟上的花

从生命里的那场风暴
到侵蚀心骨的严霜
带着星子般微茫的光
带着一弯残月蓝色的温柔
从高悬的顶端跌落
心中的圣殿一夜之间坍塌成废墟
满地的碎片伤痕累累

经历一场浩劫的花啊
并没有死去
柔弱的根须在窒息的黑暗中穿行
忘掉疼痛吧
忘掉浸透花叶的血和泥
忘掉状似蚯蚓的血渍
忘掉溅落的口液
和一双双践踏的脚
忘掉充血的眼睛

然后庄重地仰起头看一看
空中鸟儿掠过的痕迹

路过活蚌取珠现场

天气晴好
阳光下围观的人群
影子被拉长
恰好覆盖在盆里几只活蚌身上
风贴着活蚌狠命地吹

我有点惊讶
面对锋刃，刑戮之前
那些活蚌竟没有丝毫惊悚
也不发出尖叫

麦 子

想起躬身挥镰的日子
就想起了麦子
躺在麦子的怀抱里仰望天空
阳光总会像麦芒一样刺眼
麦子始终以骄傲的姿势站立

想起麦子，便想起了母亲
我是喝着麦子的奶水长大的
生命里早已长满了麦子
风雨侵袭后饱满的岁月
阵痛后重生的欣喜

锋刃如雪，划过失血的伤口
时不时灼痛挥镰女子圆润的记忆
有了默默承受，有了期许
有了对土地的坚贞
注定走不出爱情

拿锄的人

再次回到田里
我居然分不清哪一棵是庄稼
哪一棵是草了

二十多年前我也是一个拿锄的人
跟在母亲身后
一棵一棵锄草

那些年，我一直纳闷
草啊命真硬
锄掉一棵
用不了多久又重新长出来
总也锄不死

瀑　布

是逃命，还是突围？
如此决绝，如此荡气回肠

那么多水汇聚到一起：
挤压
碰撞
然后不计后果，冲下断崖
多么悲壮的一幕

巨大的轰鸣，它们在控诉什么？
爱有多深，恨就有多深
我突然理解了生活中
被逼上绝路
突出重围的人

七月，飘起了雪

七月的上空布满颂词
而我，迷失在雪野
像当年那个被欺侮的西瓜贩子
等待救援

一亩三分地尚在百里之外的乡下
渗进泥土的血汗
被突如其来的雪封杀

心中豢养的山羊很无辜
眼瞳里雪花杂乱
体内传出骨头冻裂的声音

想起命运
我就想起那些被肆意摔打的西瓜
头破血流
伤口苍白如雪
仍不失锋利

曲　线

拿起笔的那一刻
我就已经倒在了我的笔下

文字蜿蜒，请原谅
我首先想到的不是女人的身体
而是田垄、坟茔
经络和皱纹

里面埋藏着我的先人
一生的命运

入水口

在一个小城的入水口
我以一个孩童的视角审视
烟波浩渺的湖面，一眼望不到边

一座小城的历史
构成了生生不息的章节

我和三十年前的风暴
在这里相遇
闪电和雷霆，缓缓打开
一位母亲的乳房

阳光的视角更独特
更深刻
起伏的波痕
闪着瓷器的光泽

水边的女子

那个女子站在水边已经很久了
除了我没有第二个人注意到
我不知道她究竟想做什么
从侧面看过去
很像一只觅食的水鸟

脚下的水不停向前流
暮色从天边一点点漫过来
橘红的光落在她肩头

一阵风掀起她的衣角
她打了一个趔趄
我猜想一定穿过了她的身体

松　针

时光被打磨成针尖

遍布周身

一场雪也遮不住

你站在雪地里以一棵松命名

天空就低成了河流

此刻，暮色渐渐加深

风加速了你老去

疼痛在体内反复发作

一声不吭完成了另一种叙事

密密麻麻的松针

怎么看

都像牙齿

她的钥匙丢了

一个女人在家门口转来转去
丢了魂一样
我走过去问她
她说她的钥匙丢了
丢了好多年

面对自己深爱的男人
这么多年她一直在寻找钥匙
试图把自己锻造成一把钥匙
近似粗暴的切割、剔除
她已经感觉不到疼

黑发被剔除了，光滑的皮肤被剔除了
尊严被剔除了，事业被剔除了
可是她依旧成不了一把钥匙

最后一次见到她，是在一座桥上
桥下是湍急的河水
就像在家门口一样
她转来转去

泰勒斯的还原术

面对女仆的嘲讽，泰勒斯
一个仰望星空的希腊人是不屑的
他坚信自己是宇宙之子

他无视女仆惊人的美貌
一切事物还原到最后都是水
掉落井里，并获救
不过是星辰降落人间的一次戏仿。

时光和水有着惊人的相似
水的滴答声和时钟的嘀嗒声
带给他涨潮的快感
他在自己的身体里悬浮
暗藏的、由此滋生的力
让他深深着迷
完成了这一切之后
泰勒斯就走了

泰勒斯并未走远
他就在我们中间，一直都在

以一滴水的方式

所有的枯竭，都是被遮蔽的真相

小小的蚂蚁

一群蚂蚁举着食物
在路上列队前行
那时我还小
趴在地上，极力想
加入它们的行列
我能感觉到
就在我们头顶
三米之上的风

如今，我走路总是小心翼翼
抬起的脚悬而又悬，生怕
一不小心就会重重落下
踩踏自己

每次看到那些蚂蚁
我都会想到我的前半生
想到村子里一个个短命的乡亲
面对灾难，那些小小的蚂蚁
是不是也像人类一样
来不及躲藏？

行走的湖水

当我说喜欢洪泽湖的时候
就已经染上了洪泽湖的脾性
姿势沉潜，接纳所有的坏天气。
偶尔也会起点波澜

日月在湖水中涤荡，轮回
面对浩瀚的湖水
我无颜说出内心的苍凉。
波光潋滟的湖水
包藏风霜雨雪，并不恣肆
宽容是所有事物原初的秉性

风起之时，波涛翻滚
永不销蚀的坚硬骨骼
支撑起庞大的水系
几经砥砺，湖水猎猎
似一面旗帜，见证岁月苍茫

夜　宴

外面很黑，伸手不见五指的黑
天空布下的网
总有几个漏网之鱼
仿若心脏
在夜色最深处跳动

酒场，也是战场
他们相谈甚欢，高谈阔论
每个人都成了王

他们说自己大半生都在革命
三杯酒下肚
脑后就长出了反骨

今夜，注定是个不眠之夜
星球转动，夜色如海
析出的晶体
突兀似箭镞

一条河，轻易为我打开缺口

一条河，水面阔大、澄明
沿岸，草木纷纷委身
完成了一生的托付

那些鸟是多么疲惫
贴着水面低飞
在硕大的瞳孔里
反复
练习
飞翔

有一种抗争来自芦苇

我确信，世间所有的事物
都在压迫之下

譬如每到秋天，树上的叶子
绿着绿着
就从高高的枝头落下
譬如一个身材高大的人
活着活着
腰身就弯下去了
他们顺从，且无奈

我确信，不是所有的事物
面对压迫都会顺从
我会看到一种抵抗来自芦苇
不是一棵两棵
是一大片一大片

纤弱的身躯顶着刺目的白
我确信，这是它们无声的宣言

是它们所能交出的

最后的尊严

云下的日子

已经进入三月了
树木还没有抽芽的迹象
光秃秃的枝干只能仰望

这中间，多么漫长
所有的好消息
到这里突然中断

我只好把目光从高处收回
缓缓向下，再向下
那么多丛生的灌木
是多么卑微啊
它们竟然甘心
匍匐在地上

我想他们是不是在拥抱
隐藏在土层深处的
坚挺的骨头？

小酒馆

小酒馆暂时忘记了自己的小
浓重的夜色里
还忘记有五个男人在里面喝酒

五个家伙猜拳行令，互称兄弟
他们就是五个患失忆症的阿炳
看不见小酒馆外面的黑
看不见对面马路上横扫过来的灯光
看不见自己脸上永远洗不尽的油污
和眼瞳里成网状的血丝

他们兴致很高，推杯换盏
妄图用杯中酒治疗失忆症
酒灌进胃就变成话吐出来

小酒馆的四壁被反复漂洗
妻儿老小被反复漂洗
心里积压的石头被反复漂洗
墙上的影子晃来晃去

夜风隔着厚厚的玻璃吹进来

小酒馆里渐渐有了凉意

你无法扑灭一种火

在官堌堆，落日下一簇簇荒草
以燃烧的气势闯进人们的视野
同样是大风飞扬
我们抵达时
鼓角声已断

再次来到汜水之阳
沿着后人铺就的石阶一步步登上
一代帝王刘邦曾经称帝的地方
我的胸腔也是一团烈焰啊

一个长满荒草的土丘有着深刻的背景
朝代更迭，斯人远去
两千多年前奔腾不息的汜水
如今也不知去向
真相或许是
它正以另一种形式
在人间浩荡

第六辑

天若有情

陷入爱

这个湖惯有的小情调
就是让我陷入爱

看一看贴着水面低飞的鸟
就知道我有多爱
本该用来高飞的翅膀
把身子压得很低
他们用专属自己的语言交谈
伴以亲昵的手语

一场大雪来得突然
看一看高高扬起头的芦苇
就知道我有多爱
本该凌风起舞的纤弱身躯
负起全部霜雪的白
雪有多重，她内心积压的情感
就有多重

临水打坐
我小心翼翼呵护

伴着幸福的疼痛

寂寞无边

烛　光

夜色围拢
一支蜡烛的复活不是偶然
就像一颗心的跳动

房子不是安慰
四围的墙壁更像围剿
烛光，轻柔绵密
由内而外
在房间的每个角落
反复荡漾

一阵风从窗外灌进来
面对这突然造访的新鲜爱情
舞蹈，是一种仪式
赴死也是

在桃园

到桃园的时候已近薄暮
夕光的笼罩下
一棵棵桃树略显羞涩
多像我朴素的亲人

硕大饱满的桃子
半隐半露在翠绿的枝叶间
蓄积了一生的时光
一定是恭候已久

我们轻轻走近，伸出手
相握，还是取命？
不动声色的桃子静静望着我们
神情坦然
这让我们深感不安

孤独时想起

深夜，临窗而坐
你成了唯一的光

灵魂被那枚又大又圆的月亮
隔着玻璃敲醒
轻轻伸出手
指尖微凉

握着你的微笑
宛如月光般迷人

和距离无关

你在马头
我就在马尾
这是多年前就形成的格局

你我之间
只隔着一条浅浅的河

河水澄澈
无鱼，无泥沙
无水草招摇
河面无舟楫，无风浪
无花叶飘落轻轻的
擦痕

极尽目力
也无河岸

很想，抵达一只花瓶的内心

我们总是无端争吵
言辞恶毒
刚刚切好的葱蒜
晾在灶台上

我们共同筑起的巢还在
结婚时买的那个花瓶还在
旧日时光还在
上面落满灰尘

脚步有些迟疑
我一点点靠近
试图就这么一直走下去
走进花瓶的内心
这个一闪念的想法让我羞愧

外面夜色很浓
缩在沙发里的女儿眼神慌乱
似乎有点疲惫

我很想走过去

安慰她一下

祭　品

他不是数学家，只是一道无解的方程
狭小的房间里，他反复和自己缠斗。
有时还揪着自己的头发往墙上撞
繁复的迷宫，是不是他给自己设下的监禁？

为什么要割下自己的一只耳朵？
一直以来，高更和他争论什么？
这些不确定性，让他易怒、暴躁、歇斯底里
他把对阳光的追逐搬到了纸上
以为这样就拯救了众生？
哦，可怜的孩子！

各种声音充斥耳鼓
他是一个纯粹的人，一个虔诚的传教士
只听得进一种声音
端详着镜子里近乎完美的脸庞
他突然暴怒起来：挥刀的动作决绝
他确信：奉上祭坛的这只耳朵
一定是世间最昂贵的祭品。

空荡荡的房间里，他摸着剩下的另一只耳朵

陷入了沉思：多余的何止是耳朵

"是的，一切都该结束了……"

他缓缓举起了手枪。

九月的某个下午

九月某个下午从身体里穿过
这刑罚如同腰斩
围观的人早已散去
可是流水斩不断
时光也斩不断

偏偏要在九月里施刑
落日太大，桂花的香味太浓
我已沦陷
天空再寥廓
也只是虚设的背景

年年登高
我都想大哭一场

看到火化后的父亲，我哭了

父亲临终前，我没有哭
只是紧紧攥着父亲的手
父亲一声不响地走了

灵堂前，我没有哭
守着一匹白色布幔覆盖下的父亲
我把自己摁成一尊泥偶

和父亲遗体告别时，我没有哭
我怕稍微有点响动
就会吵醒熟睡的父亲

父亲遗体被送进火化炉，我没有哭
只是一遍遍想象
父亲在火光中升天的样子

火化后，捧着小小盒子里盛放的
几根细细的骸骨
我哭了

立春，我想起了母亲

今日立春
我并不认为这就是春天

残雪尚未褪尽，天色仍旧阴沉
庭院空旷
墙角母亲植下的那株梅
把自己举在风中
瑟瑟打量人间

一场场雪都压不住的梅啊
已经是春天了
为什么还憔悴如斯
莫非那一瓣瓣瘦削的花叶
写满了母亲的一生？

聆 听

坐在阿尔芒对面，作为一名聆听者我是不称职的
真正的聆听者已死
晚霞一遍遍把夕光送进来作为祷词，也无济于事
我们都是将死之人，那个郑重其事的讲述者也是
就在不久前，一个妓女刚刚死去，阿尔芒生了一场重病
我怀疑是那个妓女留给他的最后遗产

街道上隐约传来的马车声，一次次打断我们的谈话
刀片是隐形的，在一个女人的骨肉间匀速滑动
声音听起来特别刺耳
说话的时候，阿尔芒的牙齿很白，暗影中一闪一闪
他大把大把吞下去的毒药清晰可见
阿尔芒的讲述有过几次中断，一个女人的爱被折了又折

阿尔芒将头靠在椅背上，不紧不慢的语速夹杂椅子的尖叫
我担心那把椅子不堪重负，突然坍塌
一阵风从窗口灌进来，我怀疑来了一群解密者
阿尔芒无动于衷，难道他再也不相信这个世界上还有秘密？
难道他所有的秘密已经随同那个妓女，埋在了墓地？

光线越来越暗，语速越来越慢。阿尔芒疲惫极了

他不理解窗外那丛草木，在浓重的夜色下居然还能摇曳

　　生姿，我也不理解

伤口上的盐、冷暴力、欺瞒……这些词语居然都和一个

　　女人的善良有关

一边是抗拒，一边是妥协。呻吟和呐喊彼此抵消

我们这些旁观者什么也听不到，局中的阿尔芒也听不到

深夜寂寂，大朵大朵茶花的凋落声也听不到。

麦茬的爱情

五月，轰轰烈烈过后
死或许就是另一种意义的生

锋刃如雪
划过阵痛
失血的伤口略显苍白
光秃秃裸露

不要怜悯
那倔强的站立
难道不让你动容吗

有了默默承受
有了期许
有了对土地的坚贞
注定
走不出爱情

梦中，见到已故的母亲

总会在梦中，见到已故的母亲
她依旧瘦小，站在那儿
和一簇荒草为伍
像一块被丢弃的石头

见到我，她会像生前一样
和我说话，不停不停地说
我听不清她说些什么

梦中的母亲和生前一样
每次回去看她
都紧紧攥着我的手，不让我离开
我说，我必须得回去了
还有许多事要做
她就生气，跺脚，流泪
形容悲戚
像个哄不好的孩子

我只好转过身，跪下

一遍遍给母亲磕头

不停不停地磕

面对一位母亲

一位母亲从家里赶来学校
像是走了很远的路

刚一见面，她就迫不及待向我道歉
说她儿子多么多么不成器
说儿子冒犯老师，都是母亲的错
还说孩子爸爸在外面有了小三
说着说着就抹起了眼泪

她的纯朴、谦恭和悲戚
让一个原本满腔怒火的人
瞬间没了脾气

那天，我们聊了很久
都是关于她那个不成器的儿子
逃课、上网、打架……
聊着聊着
我就不忍再聊下去了

在雨声里悠远

每到冬天，我就会劈柴、生火
我要把一个季节煮沸，就不停劈
今年春天，已经过去一半了
我回老家，见到母亲冬天穿的衣服一件未减

雨一下起来就没完没了
母亲从里屋搬出一个竹匾
里面是去年冬天母亲从棉桃里抠下的棉花
那些棉花在母亲的手下温顺极了

门外，淅淅沥沥的雨声
远没有一首歌动听
母亲面色忧郁：天气转凉，该做棉衣了吧

这让我突然就想起
前几年坡地上母亲栽种的棉花
一大片一大片，白花花的
裹着小脚的母亲，隐在她钟爱的棉桃中间
晃来晃去
像个孩子

学会爱

父母相继过世之后
我就开始学会了爱
爱夕阳，秋虫，渐渐枯黄的草
和一切衰败的事物

一个人的时候，不敢抬头看天
那里隐藏着巨大的秘密
无边的寥廓
会把我的心一下子掏空

老家的房子还在
房前屋后，杂草疯长
淹没了所有可通往的路径
父亲栽的那棵老榆树被砍了
聚拢在根部的叶子
忽然就被风
吹散了

四月，有些爱说不出口

学会爱，必须要在四月
各种花次第开放
有记忆渐次复苏
草木疯长，这个节点的秘密
谁都知道
站在四月里，逃不过一劫

有风吹过
远没有这拥挤的墓园沉重
紧贴着石碑的那两束花，低垂
有些爱，已说不出口
也看不清你的面容

净手。焚香。
摆上你平时爱吃的菜，还有酒
青烟升腾，让我一次次流泪
残留的灰烬
甚是荒唐

我们的爱情

我们的爱情

是那条河的第三条河岸

是河口上空悬着的一弯肋骨

那是我们心中的帆啊

我们都在竭力泅渡

风暴过后我们一无所有

襁褓里的两个孩子

有着相同的命运

夜风吹拂下

一个在左一个在右

空空的天空没有一滴眼泪

空空的眼睛里一无所有

有人在世间匆匆走过

忙着追赶那场风暴

他们视而不见

视而不见的是

我们的爱情

想起父亲

今夜又想起了你，父亲
想起你的时候
我正在读一些有关父亲的诗
台灯下的时光，多么安静

很多时候
我似乎已忘记了你

你突如其来
带给我你永诀尘世的消息
让我有点猝不及防
那一刻，我没有哭
居然和你一样面无表情
只是夜
很深
很黑

想起母亲

在家里，我很怕妻子谈及母亲
以及和母亲有关的事物

始终不明白
路上遇到的那个老婆婆
剧烈的咳嗽声
一下子就深深钉入我的骨髓

一些事物终究要蔓延
譬如小城里的一场倒春寒
轻易就波及千里之外的故乡
譬如一些试图靠近我的人
纷纷逃离，他们声称：
我眼睛里蓄满的海水
潮汐暗涌

星星不说话

记不清多少次和它们
坦诚相对了
天幕阔大
众神的眼睛
雪亮

暮色渐渐围拢
我把这种围剿视作磨砺
那么多被打磨发亮的钉子
一声不吭
钉在天空

夜的边缘

一场雪掩盖不了夜的颜色
只会让夜更黑

有时，父亲深夜归来
灯光下满头白发
像是落了一层厚厚的雪
我能够想象
他们一定跋涉了很久
那么多沙砾
被磨得发亮
这永生擦不掉的胎记

有时，父亲也会深夜出门
瘦小的父亲走得很急
身后的灯光也追不上
直到再也看不见父亲
我就反复告诉自己：
夜，也是有边缘的
一定有

一个人站在槐树下

父亲过世之后
我依旧站在原地
站在院子里的那棵槐树下
和父亲促膝谈心

我和这棵槐树保持同样的姿势
等候曾经幸福的小蜜蜂们
载着柔软的尖刺
一路嗡嗡飞来
和一树的花开亲密接触

这棵槐树
是父亲在我出生的那一年
亲手栽下的
如今根已深深扎进这片土地
扎进苍茫的时光

透过疏离的枝叶
天色纯净
而又蔚蓝

一根断裂的羽毛

在观鸟园，我捡到一根羽毛
羽毛呈黄色，阳光下泛着金色的光泽
在风的吹动下一闪一闪
似乎飞翔从未离开过

羽毛在我的手里越来越重
那是一只鸟疼痛的重量
还是我的疼痛？
仿佛身体的某个部位
刚刚经历过一场手术
这种不确定，让我深陷其中

不知不觉
我就成了羽毛的一部分
成了鸟的一部分
我们彼此融合，又抗拒
小心翼翼试探对方
就这样，我们不停抚摸
这近乎虔诚的动作

在一个旁观者看来

多么不可思议

荡 漾

小时候见过送葬的人
八个精壮的汉子，一具棺椁
风吹灵幡
纸钱纷落

呼天抢地的哭号
拖着长长的影子一波三折
喇叭声时高时低
呜咽成河流
这些送葬的人
更像是一群泅渡者

旁观者也是棺中人
这提前上演的荡漾之美
让我在人潮涌动的尘世
早早学会了
悬浮术

月亮简史

从月亮一出生
我和她之间就有着某种必然联系
夜幕降临，我们的交流
才刚刚开始

夜风晃动我们之间的河流
逆流而上，作为泅渡者
我试图解开失眠的真相
试图走进月亮的背面

夜色仍在蔓延
这么多年，她一直在寻找出口
脸上散发瓷器的光泽
我一直很担心

原来她有两面
一面照在耶路撒冷的哭墙
一面默默缝合
仍在流血的伤口

这样的爱情

日子就像天气一样时阴时晴
每落一场雨都在我们异常平静之后

循着这条许多人走过的小径
我们走了很多年
我们习惯了一路磕磕碰碰
也学会了相互扶持
在经霜的大地上写下
一缕温存

雨后初晴的日子
沿途绿影婆娑，疏密有致
漏下的光斑很耀眼
留下许多美好回忆

其实，在这条朝圣的路上
我们都怀有一颗温柔之心

纸风筝

在冬天
我也会成为一个放风筝的人
我的思念沿着几根纤细的竹篾迂回
有风吹过
那是父亲的气息

广场空荡，没有人
注意到我放风筝时笨拙的手法
专属我一个人的抒情脆薄如纸
有几片雪花飘落
这消息来得苍凉

十年了，草木几经枯荣
我们的呼啸
来自两个不同世界
在我们各自的体内汹涌
天空有多寥廓
岁月就有多漫长

在低处

一片叶子，飘落在人们的视线之外
这是我发现的一个秘密

鸟雀们不断引导向上之心
可我的爱在低处
那里有落地生根的力
让我脸红

灌木、芨芨草、苦丁菜……
形容坦然
风一次次穿过身体
它们一声不吭
该生长的生长
我想象自己就是其中一棵

在它们身下
躺着我故去多年的亲人

小情人

你就是我前世的小蛇
月光下，一次次潜入梦境
吐出的信子，猩红、多汁
我钟爱的小酒杯呀
盈满了你的小腰身
反复荡漾
反复荡漾

草木丰沛，风力正好
一不小心就误入你的歧途
晃动着曼妙的身姿
在我面前，你总是
一波三折
一波三折

酒醒何处我不知
醉了醉了
昼已不是昼，夜已不是夜
看，满地的花草伤痕累累
全是我给你种下的指环

供你挥霍

供你挥霍

校园上空飘过一条河

校园上空飘过一条河
河里有鱼虾
有滑腻的卵石，柔曼的水草
还有语言，在交谈

亲切的言辞
像欢悦的浪花一样动人

河沿上看风景的孩子
驻足聆听的姿势很虔诚
热切远眺的眼神里
总有雪白雪白的帆掠过

或许这些孩子太需要
与河水肌肤相亲了
那将是一段旷世的爱情

我把你轻轻放在草地

我把你轻轻放在草地
身下是柔软的绿
俯身看你
我用最温柔的眼神
就像你看云

纤细的四肢
是多么疲惫呵

我看到远处的草色在起伏
看到你眼里成群的白鸽
飞起又落下
我们都羞于表达
有风在我们之间来回穿梭
还有，山川河流

来自一群人的海上报告

一栋大楼的外墙
可以是战场，也可以是深海
可以是某些人的安身立命之所

我有时会看到他们
把自己的命交给一堵墙
一截绳索
以悬垂的姿势晃动
单薄的肉身和坚实的墙体
反复厮磨

在遇见他们之前
我从没见过如此决绝的
不计后果的相爱方式
我们必须保持仰视

此时你会看到一个个黑点
向上移动
越来越接近蔚蓝
越来越深入大海的腹部

他们一定是在用一种独特视角
向你讲述属于他们各自的
海上冒险

当我努力把自己想象成一朵雪花

亮灯时分，天空飘起了雪
纷纷扬扬的雪花在绝处
为自己打开了一个缺口

次第亮起的灯火
使这个小城的雪更加醒目
凛冽和尖锐
是这些雪花身体里
没有消失的部分
大音希声，天地有爱
万物皆有出路

穿行在雪的世界
我努力把自己想象成一朵雪花
周围就突然明亮起来

一座翻不过去的山

来路迢迢
去处被一座山阻隔
纠结，加重了暮色

他无法原谅自己的恐慌
那些鸟看不出丝毫倦意
峭壁前，不断扇动翅膀
似乎一停下来
就会死去

有些真相不容说破
他反复安慰自己
想象自己就是一座山
一座山翻越另一座山
是多么荒谬

几十年了
他一直在和自己较劲
更多的时候
是达成和解

每一棵树的身体里都住着
一个身陷困境的人

乌云、狂风，围拢的暮色
把一棵树逼入绝境
唯一向上的路也被封杀

看着所有枝条对风的顺从
我就悲从中来
骨骼峥嵘，莫非是一种假象？

从另一个角度看过去
那些枝条
更像是高高扬起的马鬃
或旗帜

叶子落光了，鸟儿远遁
一棵光秃秃的树一无所有
一无所有的树，始终保持奔跑的姿势

树也是有信念的
一棵树扎根原地

一定是在等一个身陷困境的人
住进它的身体

后　记

逃离，亦是皈依

　　水天包裹之下，一个四面环水的栖息之地，宛如一个风光旖旎的岛屿，又如一块温润的碧玉，宁静、安详——这就是我的家乡，宿迁泗洪。在这片土地上，有物产丰盈、潇洒飘逸的骆马湖、洪泽湖；有穿透历史烟尘、蕴藉深厚的梅花顺山集和双沟下草湾猿人遗址；有项王故里，有古徐城；有美酒飘香，有动人的传说；有历史非遗穆墩岛渔鼓舞的经久不衰，有风云激荡大王庄红色基因的生生不息。在这片热土上，有着祖祖辈辈的生息、繁衍，劳作、奋斗，歌与哭、爱与恨，泪水和欢笑、追求与梦想……

　　生我养我的小城是水做的，有着水的博大和包容。水就像母亲一样，成就了一个岛的安然、恬静和圆满。记忆中，家乡人对水、对大自然充满了敬畏。正是这种深刻的认知和体悟，在现代化浪潮的裹挟下，家乡人才没有迷失自我，才会有对自身生存的原生态环境孜孜以求的保护和坚守。随着城镇化进程的加快，越来越多的诗人注重乡村、生态诗歌的创作。生态也可以说是文学创作中永恒的主题。如何写出新意，这要看选择的角度，角度不同，立意就不同。总体来说，城镇化建设，是社会发展的大势所趋，是时代的必然。但我们不能迷失自我，不能忘了我们的"根"，这个"根"就是生态。究竟写什么？是沉湎于旧日时光不能自拔，还是挖掘出社会变革中衍生的一系列问题？每个作者都会有自己不同的思考。

《蓝之岛》包含六个小辑：蓝色物语、面南而居、目送归鸿、时间令旗、生命根须、天若有情。作品力求呈现先锋性、标志性、社会性、地域性四个特征，彰显家乡"水韵之城"的生态坐标。这本诗集既可以看作是一个诗人的诗意表达，也可以说是对家乡生态建设等各个领域所取得巨大成就的歌咏，以及对生活在这片土地上的朴实、勤劳、坚强、奋进的家乡人民的讴歌和礼赞，更可以说是诗人面对人类生存环境恶化而进行的省察、反思。诗集之所以取名"蓝之岛"，是有着深刻隐喻的。家乡素有"大美湿地、水韵之城"的美誉，周围水系纵横，小城宛如降落人间的一座仙岛，我认为这是上天的眷顾和恩宠。烟波浩渺的湖面，一眼望不到边，和一座小城的历史构成了生生不息的章节。作为一个原生土著，从出生那天起，几十年的时光里，我见证了家乡历经沧桑的兴衰变迁，也目睹了家乡迈入新世纪后的富庶繁荣。可以说，《蓝之岛》和家乡是血脉相连的，它和家乡的这片热土，就像腹中胎儿和母体一般无法割舍。父老乡亲、一草一木、一砖一瓦、一声鸟鸣、一粒尘埃、一缕清风，乃至一丝气息，都能在这本薄薄的诗集里找到他们专属的位置。每次临湖远眺，厚重的沧桑感就会如潮水般涌来，我感受到的不仅仅是大自然的伟力，更有生命及文明的生生不息，那是深烙在每一个家乡人灵魂深处熠熠生辉的精神光斑。

《蓝之岛》的每一件作品都在竭力回避"语言的乌托邦主义"。随情、随性，不注重知识、经验、技艺、难度的打磨，而是更在意情绪的及物性和有效性，在一定意义上实现了和原生态的深入交流与互动；另一方面，拥有"降格以求"的诗意情怀，时刻保持对生态环境和底层生命的深切关注，通过炼意、取象、结构、完形等一系列环节，让这些纯净的元素，在诗中潜沉、发酵，摒弃一切概念化手段，竭力追求美与善的和谐统一。这是一个诗歌爱好者对诗在不同境遇下的仁望与坚守。从这个意义上讲，《蓝之岛》的出版，既是一次诗意的逃离，也是一次诗意的终极"皈依"，这是一种形而上的归属，超越了时空与苦难的承负，摆脱了文字与灵魂的孤寂，于我而言，实现了真正的放飞和自由。

诗集的付梓出版，得到了太多师友的倾力相助。感谢诗人刘家魁先生在诗歌创作上潜心而真诚的指点，以及为这部诗集不吝作序；感谢在诗歌创作道路上激励我不断前行的各位老师和朋友；感谢我的家人多年来给予我爱诗写诗的理解和支持！是你们，成就了《蓝之岛》。

感谢你们！

2024 年 10 月 26 日于山东菏泽

图书在版编目（CIP）数据

蓝之岛 / 晓池著. -- 武汉 ： 长江文艺出版社,
2024. 12. -- ISBN 978-7-5702-3885-9

Ⅰ．I227

中国国家版本馆 CIP 数据核字第 2024R64Q26 号

蓝之岛

LAN ZHI DAO

责任编辑：胡　璇　　　　　　　　责任校对：程华清
封面设计：源画设计　　　　　　　责任印制：邱　莉　王光兴

出版：长江出版传媒 ｜ 长江文艺出版社
地址：武汉市雄楚大街 268 号　　　邮编：430070
发行：长江文艺出版社
http://www.cjlap.com
印刷：湖北新华印务有限公司

开本：880 毫米×1230 毫米　　1/32　　印张：7.75
版次：2024 年 12 月第 1 版　　　　2024 年 12 月第 1 次印刷
行数：5184 行

定价：58.00 元